Gilles

Cœur académie

Ados

Illustrations
Guadalupe Trejo

Éditions du Phœnix

© **2007 Éditions du Phœnix**
Dépôt légal — Bibliothèque et Archives nationales
du Québec, 2007
Bibliothèque nationale du Canada

Imprimé au Canada

Les Éditions du Phoenix remercient la Sodec de
l'aide accordée à son programme de publication.

Illustrations et graphisme : Guadalupe Trejo
Révision linguistique : Lucie Michaud

Éditions du Phœnix
206, rue Laurier
L'île Bizard (Montréal)
(Québec) Canada H9C 2W9
Tél.:   (514) 696-7381
Téléc.: (514) 696-7685
www.editionsduphoenix.com

**Catalogage avant publication de Bibliothèque et Archives
Canada**

Côtes, Gilles

     Cœur académie

     (Collection Ados ; 1)

     ISBN 978-2-923425-14-6

     I. Trejo, Guadalupe. II. Titre. III. Collection:
Collection Ados (Éditions du Phoenix) ; 1.

PS8555.O818C63 2007   jC843'.6 C2007-940050-7
PS9555.O818C63 2007

Gilles Côtes

Cœur académie

Éditions du Phœnix

Du même auteur

OGM et « chant » de maïs, éd. de la Paix, coll. 9/12 ans, 2004.

Le violon dingue, éd. de la Paix, coll. 9/12 ans, 2003.

Sorcier aux trousses, éd. de la Paix, coll. 9/12 ans, 2002.

Libérez les fantômes, éd. de la Paix, coll. 9/12 ans, 2001.

Chapitre 1

Corvée poétique

Je dois m'atteler à la poésie plutôt qu'à un match de hockey à la patinoire extérieure. L'enseignante nous a collé une recherche sur Émile Nelligan, un célèbre poète québécois. Ça lui arrive de temps à autre, ce genre d'idée farfelue. Mais il y a pire : je suis jumelé avec Hugo le cerveau. Aussi bien dire qu'on me donne le rôle de la clôture dans une course de pur-sang ! Hugo est l'élève le plus intelligent de l'école. Je suis sûr qu'il voudra produire un travail exceptionnel et que nous y passerons des heures.

— Pourquoi mon grand frère Benoît fait-il cette tête ? me demande ma sœur.

Je pose mes cahiers et mes bouquins sur la table de la cuisine. Bien entendu, il n'y a pas une ligne sur l'illustre poète dans tout ça. Mais cet étalage me donne l'illusion d'être productif.

— Tu ne devais pas jouer au hockey ?

Elle le fait exprès. Elle tourne le fer dans la plaie. Elle n'a pas son pareil quand vient le temps d'asticoter son grand frère.

— Je dois faire une recherche sur Émile Nelligan.

— C'est un joueur de hockey ?

— Non. Un poète ! dis-je en choisissant mon crayon le plus pointu.

— Tu ne copies pas sur l'Internet comme d'habitude ?

— D'abord, je ne copie pas, je m'inspire ; ensuite, je ne suis pas seul pour réaliser ce

travail. Hugo, le cerveau de l'école, devrait être là d'un instant à l'autre.

Bizarrement, ma sœur Marie-Pierre cesse de m'embêter. Elle me laisse fin seul avec l'envie de poignarder la page blanche à grands coups de crayon effilé. Le carillon de la porte m'empêche de mettre ce projet à exécution.

Hugo a apporté son sac dans lequel il trimbale un portable. Son père, un informaticien, recycle des ordinateurs désuets dans ses temps libres. Notre camarade nous fait suer parce qu'il a la permission de se servir du sien durant la période libre. Avoir un gros cerveau donne des privilèges.

Après les salutations d'usage, nous nous installons face à face. Il ouvre son cahier et, comme je le craignais, j'aperçois deux pages remplies d'annotations bien ordonnées.

— J'ai fait un saut à la bibliothèque. J'ai trouvé un bouquin sur l'auteur. On peut toujours commencer par ça.

Commencer ! Avec ce qu'il a déjà écrit, moi, je songerais à publier un livre !

— Mais nous n'avons que cinq questions à développer, répondis-je pour calmer ses ardeurs.

— C'est vrai, mais rien ne nous empêche de broder un peu.

Je le savais. Avec lui, rien ne sera simple. Il est toujours le meilleur en tout. Il excelle dans toutes les matières : mathématiques, sciences, français, rien n'a de secret pour lui. Il trouve même le moyen d'être doué en athlétisme. Je prie pour qu'il ne s'intéresse pas au hockey.

— Mais pour ce soir, Hugo, nous pourrions nous concentrer sur les questions qu'on nous a fournies. La dernière me semble un peu difficile.

— Oui, on peut commencer par celle-là, si tu veux. Il s'agit de donner notre opinion sur les vers suivants :

« Ah ! Comme la neige a neigé !
Ma vitre est un jardin de givre ! »

Je fais semblant de relire une ou deux fois. En réalité, j'attends que Hugo se prononce. Son crayon est déjà en marche. Mon cerveau est déjà au point neutre. Je ne vois dans ces mots qu'une surface glacée sur laquelle on peut frapper des rondelles. Hugo lève les yeux. Ses cheveux blonds, naturellement ondulés, tressautent aux mouvements de sa tête et se replacent comme par magie. Même son physique est parfait.

— On pourrait écrire que ces vers lui ont été inspirés par une tempête de neige, dit-il en appuyant son stylo sur son menton.

— Ouais. C'est sûr. Mais qu'est-ce que c'est, un vers ?

Hugo utilise ses notes avec une fierté agaçante. Son doigt cherche, parmi la myriade de mots soigneusement alignés, la réponse à ma question.

— C'est un assemblage de mots regroupés selon certaines règles. Par exemple quand il y a des rimes.

— Mais il n'y a rien qui rime là-dedans !

— C'est parce qu'il manque des vers. J'ai trouvé la suite. Écoute ça.

« Ah ! Comme la neige a neigé !
Qu'est-ce que le spasme de vivre ! »

— C'est vrai que ça rime, mais il n'y a pas grand mérite à répéter la même phrase. Et ça veut dire quoi, « le spasme de vivre » ?

Hugo consulte à nouveau ses notes.

— J'ai noté quelques synonymes à spasme : convulsion, crampe, crispation. J'ai lu que Nelligan a été interné plusieurs années à l'hôpital. Il était un peu fou. Je pense que la vie n'a pas été facile pour lui.

— Je me disais, aussi. Tu aimes ça, toi, la poésie ?

— Pas vraiment, répond Hugo. Mais je crois que les filles aiment bien quand on leur écrit un poème.

Ses joues ont légèrement rosi. Est-ce que le cerveau du bel Hugo aurait une petite faille sur sa carapace de perfection ? Alors que j'y réfléchis, Marie-Pierre s'amène dans la cuisine.

— Salut, les gars ! J'ai faim. Pas vous ?

Je refuse d'un hochement de tête. La réponse de Hugo est incompréhensible. Il garde ses yeux verts fixés sur son bloc-notes. Ma sœur sort les arachides et pose le plat sur la table. Elle a changé de vêtements et coiffé ses cheveux.

— Ça avance ? demande-t-elle en feignant de s'intéresser au cahier de Hugo.

Sa manœuvre m'apparaît aussi discrète qu'une baleine échouée sur une plage. Si je la laisse faire, elle ramollira son cerveau et je devrai me taper tout le travail.

— Ça avançait ! lui dis-je en repoussant les arachides plus loin. Mais est-ce que tu ne devais pas sortir, ce soir ? Il me semble que Nicolas a téléphoné.

Mon ami Nicolas ne désespère pas au sujet de ma sœur. Il a pris les grands moyens. Il a réussi à perdre beaucoup de poids. Je ne sais pas comment il s'y prend, mais ça fonctionne. Sauf que Marie-Pierre ne semble pas avoir remarqué tout ça.

— Moi ? dit-elle d'un air détaché.

— Oui, toi ! Tu as mis un chandail neuf, ton pantalon préféré et ton nombril à l'air.

— J'en avais envie, voilà tout ! Nicolas avait juste besoin d'un renseignement pour l'examen de français. Il est né où, ce Nelligan ?

Hugo répond « Montréal » en me regardant dans les yeux. Il ne va pas l'encourager, quand même !

— Est-ce qu'il a écrit beaucoup de poèmes ?

Encore une fois, Hugo donne une réponse télégraphique : « Plus d'une centaine. » Dire qu'il n'a même pas besoin de consulter ses notes.

— Super ! Moi, je n'en suis qu'à mon deuxième.

Je la regarde avec l'envie de pouffer de rire. Ma sœur, poétesse ? Qu'est-ce qu'elle n'inventerait pas pour réaliser ses plans machiavéliques ? Hugo a quand même mordu à l'appât. Ses yeux se sont tournés un bref instant vers elle.

— Hugo, tu devrais me lire quelque chose de ce monsieur Nelligan, demande-t-elle de sa voix la plus douce.

Cette fois, je prends mon partenaire de vitesse.

— Laisse Hugo, je vais le faire.

« Ah ! comme les filles sont givrées,
Nous pourrions en écrire des livres.
Ah ! comme les filles sont givrées,
Surtout ma sœur qui m'empêche de vivre ! »

Marie-Pierre a envie de me faire bouffer toutes les arachides et le plat en prime. Mais la colère ne fait pas partie de son plan. Pas devant Hugo. Elle ne doit pas effrayer sa victime.

— Comme tu vois, Hugo, mon frère a beaucoup d'humour. Tu es chanceux de faire équipe avec lui. Je crois que je vais vous laisser. Moi aussi, j'ai du travail. On commence à se préparer pour Cœur académie.

Ma sœur quitte enfin la cuisine, sans oublier de lancer un dernier petit sourire enjôleur à Hugo.

— Voilà, maintenant on va pouvoir terminer cette recherche, dis-je à mon camarade.

Mais celui-ci paraît ébranlé. Il a perdu la belle assurance de celui qui sait tout. J'espère qu'elle ne me l'a pas trop détraqué. J'ai besoin de lui pour ce travail. Je tente de le rassurer.

— Il ne faut pas que tu portes trop attention à ma sœur. Elle fait ça pour m'agacer.

— Je... c'est que je ne suis pas doué avec les filles.

En disant cela, la peau de Hugo se met à rosir de nouveau. Pas de doute, il est timide avec les filles. Je n'en reviens pas. Il poursuit en me roulant des yeux de chiot épagneul.

— Je ne sais pas comment m'y prendre, Benoît. Il faut que je trouve une copine pour la Saint-Valentin. Tu sais, pour le concours de Cœur académie.

Je ne suis pas emballé par cette idée de concours. Des couples d'élèves seront sélectionnés pour s'affronter une journée durant sous les regards de toute l'école. La télévision communautaire diffusera même l'évènement. Des épreuves diverses se dérouleront du matin au soir dans le gymnase, aménagé en conséquence. Les classes défileront à tour de rôle pour encourager les participants. Un grand tableau permettra de les noter sur différents aspects. Va pour les notes scolaires, mais on évaluera aussi les habiletés personnelles comme l'entregent, la gentillesse, la politesse et les traits de caractère. Moi, je n'aurais pas envie que toute l'école juge ce que je suis.

— Tu veux participer à ce cirque ? dis-je, étonné.

— Ouais. Je pense que c'est une chance pour moi de m'améliorer. Et puis, il y a quelques prix intéressants. Mais je dois me trouver une copine d'ici un mois. Pour être participant, il faut une petite amie officielle reconnue par un autre couple d'élèves et leurs parents, car ce sera le jour de la Saint-Valentin. J'aurais besoin d'aide, Benoît. Je ne sais pas comment m'y prendre avec les filles.

— Tu as quelqu'un en vue ?

Son regard virevolte dans la pièce. Il poursuit en baissant le ton.

— Peut-être...

J'ai peur de comprendre. Ma sœur a réussi sa manœuvre. Je suis bien loin de Nelligan et de mon match de hockey. Moi qui voulais ignorer cette compétition. Mais comment refuser d'aider Hugo ? Il a abattu tout le boulot pour le travail sur le poète et je suis certain qu'il s'occupera de la présentation orale avec plaisir. J'ai l'impression de trahir mon ami Nicolas en acceptant l'impensable : me mêler des affaires de cœur de Marie-Pierre !

Chapitre 2

Le cœur a ses raisons

Le carillon sonne la charge. Le corridor se remplit d'élèves qui pépient et caquettent comme dans une basse-cour. Les portes des casiers métalliques claquent en cascade. Je localise ma sœur près de l'escalier principal. Sa tête blonde s'agite de tous côtés, comme d'habitude. Ma main en crochet lui agrippe le bras et je l'entraîne dans la cour d'école malgré ses protestations. La neige est éblouissante sous le soleil et craquante sous nos pas.

— Mais qu'est-ce qui te prend ? dit-elle en essayant de se dégager.

— Il faut que je te parle d'hier soir.

— D'accord, mais on n'a pas besoin d'aller au bout du monde pour ça !

Nous nous arrêtons au coin de la bâtisse de briques rouges. Elle nous dissimulera de nos amis qui, inévitablement, nous chercheront. Je dois lui parler en privé.

— Écoute, Marie-Pierre. Hugo en pince pour toi. Alors, tu peux y aller. Ça va marcher.

Elle me regarde, indécise, une lueur d'amusement au fond des yeux :

— Il t'a dit qu'il me trouvait jolie ?

— Euh... pas vraiment.

— Qu'est-ce qu'il a dit exactement ?

— Qu'il aimerait bien avoir une petite amie, et...

— Et ?

— Et c'est tout ! Tu n'as qu'à aller le voir et c'est réglé, conclus-je sur le ton de celui qui énonce une vérité.

Ma sœur lève le nez vers les nuages. Elle sourit comme si je venais de rater une blague évidente. Son attitude me glace autant que le petit nordet qui vient de se lever. Moi qui l'imaginais s'éclater de joie !

— On voit bien que mon frère ne connaît rien aux méandres des affaires de cœur. Hugo ne t'a pas exprimé clairement qu'il me trouvait à son goût.

— Non, mais...

— Il ne t'a pas parlé non plus de mes qualités exceptionnelles et de mon charme fou ?

Elle ne me laisse même pas le temps de répliquer.

— Tut, tut ! Alors, je devrai le conquérir, attirer son attention, pour qu'il me choisisse parmi toutes les autres.

Pourquoi complique-t-elle tout ? Je lui file un tuyau qui lui permettrait d'atteindre son but rapidement et au lieu de me remercier, elle fait la fine bouche.

— Mais pourquoi ne vas-tu pas le voir ? Ce serait simple. Il est juste un peu timide, c'est tout. Je peux lui en glisser un mot de mon côté.

— Il n'en est pas question. Mais puisque tu m'offres ton aide, je veux bien. Ça facilitera mon plan.

— Quel plan ?

L'arrivée de Nicolas empêche que je prenne connaissance de son fameux projet. Mon ami a son air habituel : blême avec de légers cernes sous les yeux. Il a maigri de plusieurs kilos en quelques mois. Inquiets, ses parents ont consulté les médecins. L'un d'eux a parlé d'anorexie. Maman m'a expliqué ce que ça voulait dire. C'est quelqu'un qui mange le moins possible pour être le plus mince possible. J'ai du mal à croire que Nicolas soit comme ça. D'habitude, ce sont surtout les filles qui rêvent de rester minces. N'empêche qu'il ne mange plus comme avant. Il grignote ses lunchs à moitié et il n'encombre plus ses poches de toutes sortes de friandises. Il m'inquiète, moi aussi.

— Alors, qu'est-ce que vous complotez, tous les deux ? nous demande-t-il.

— Rien, s'empresse de répondre Marie-Pierre. Il faut que je vous laisse, les gars. Je dois voir Léa-Jeanne avant la fin de la récré. Elle s'inscrira peut-être aussi à Cœur académie.

— Quoi ? m'écrié-je, très étonné.

Je n'en reviens pas que ma petite amie s'intéresse à ce spectacle idiot. Mais Marie-Pierre est déjà partie en courant sans répondre à mon interrogation. Il faudra que je tire la chose au clair, sinon je pourrais bien me retrouver avec un autre problème sur les bras.

— C'est une vraie folie, ce concours, affirme Nicolas. Est-ce que j'ai bien saisi que Marie-Pierre veut y participer ?

Je le dévisage en ayant peur de comprendre. Je sais depuis longtemps que

Nicolas aimerait devenir le petit ami de ma sœur. Mais celle-ci reste indifférente. Elle ne remarque pas ce qui m'apparaît pourtant bien évident : son empressement, ses petits regards à la dérobée, ses mots gentils et son émoi quand elle s'approche de lui.

— Tu ne vas pas me dire, Nicolas, que toi aussi tu t'intéresses à Cœur académie.

— Tout le monde en parle dans l'école. C'est une idée qui vient des élèves. Je trouve ça super !

— Des élèves qui se sont laissés influencer par ce qu'ils regardent à la télévision ! Pas très original !

— Tu oublies qu'ils ont adapté le projet pour en faire un concours scolaire. Il s'agit de découvrir des étudiants performants, qui sont aussi des vedettes de la débrouillardise, de l'imagination et de la collaboration. Et puis c'est chouette d'avoir pensé à la formule des équipes de deux.

Le carillon sonne le rappel des élèves. Nous nous dirigeons vers l'entrée tout en continuant à discuter du sujet. Aucun de mes arguments n'arrive à dissuader mon ami. La Saint-Valentin n'aura jamais causé autant de remous dans l'école. Les professeurs sont heureux parce que la note de français et la note générale représentent un critère d'admissibilité pour Cœur académie. Hugo devient un partenaire de choix dans ce domaine. Plusieurs filles doivent lui tourner autour. C'est certain. Mais comme il est timide et qu'il s'intéresse à ma sœur, aussi bien dire qu'il porte des œillères. Mais pourquoi son problème est-il devenu le mien ? Et comment ai-je pu m'associer au plan de Marie-Pierre ? Il ne manquerait plus que ma copine Léa-Jeanne me demande de participer à Cœur académie !

— Attends-moi, Benoît !

Tout à mes pensées, j'ai oublié que Nicolas marchait à mes côtés.

— Dépêche-toi, lui dis-je, on va être en retard.

Ignorant ma remarque, mon ami reste en équilibre sur la troisième marche de l'escalier. Ses yeux se voilent comme des billes de verre. Chacun de ses bras s'agite lentement et cherche à saisir une rampe inexistante. Je me précipite vers lui alors que son corps s'incline vers l'arrière.

— Nicolas !

Sans hésiter, je bondis vers lui et j'agrippe son manteau. Au même moment, ses jambes cèdent et il se retrouve assis sur une marche. Les élèves nous croisent en nous jetant de petits regards curieux.

— Mais qu'est-ce qui t'arrive ?

— Rien, me dit-il en clignant des paupières.

— Comment ça, rien ? Tu as failli tomber sur le dos.

— C'était juste un léger étourdissement.

— Ça se produit souvent, ce genre de chose ? Je suis inquiet pour toi, Nicolas. Tu ne manges pas suffisamment.

Mon ami, livide, respire comme une grenouille qui a perdu son étang.

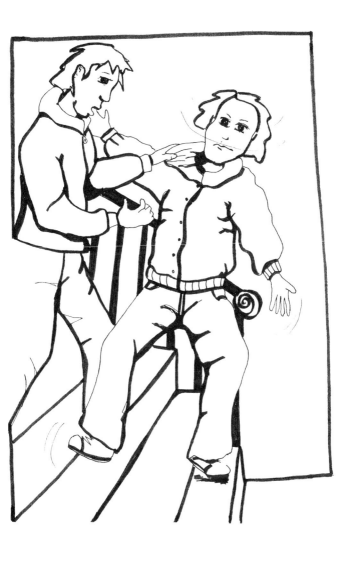

— Ce n'est pas pour ça. Je ne suis pas assez en forme, voilà tout.

S'appuyant sur moi, il se relève et remonte les escaliers. Je commence à croire que Nicolas a un gros problème et que ce n'est plus seulement une question de poids.

Chapitre 3

L'élixir

Dimanche après-midi. Je me suis résigné à inviter Hugo. Je n'ai pas vraiment le choix : il nous reste à préparer l'oral pour demain. Sans cette obligation, je ne crois pas que je le fréquenterais. Hugo est gentil, mais nous n'avons pas grand-chose en commun. À part ma sœur, bien entendu.

D'ailleurs, celle-ci est devenue très agitée quand je lui ai annoncé ce matin la visite du cerveau. Elle m'a convoqué dans la cuisine pour treize heures, juste après le départ de papa et maman. J'ai peur de ce qu'elle a imaginé. Ses plans ne sont pas toujours de tout repos.

— Benoît, tu vas m'aider à fabriquer un élixir.

Installée sur un tabouret, de l'autre côté du comptoir de la cuisine, ma sœur a un regard enflammé et un sourire aussi large qu'un canyon. Devant elle se dresse le mélangeur, entouré d'une bonne quantité d'ingrédients.

— Un élixir ? dis-je, stupéfait.

— Oui. C'est une boisson magique. Un philtre !

Constatant le peu d'enthousiasme que provoque sa brève explication, Marie-Pierre pose sa main sur le couvercle du mélangeur. Elle adopte un ton solennel avant de me dire :

— Toi, reconnaître un mélangeur. Moi, le remplir avec des ingrédients. Hugo boire le mélange et bang ! lui avoir coup de foudre pour moi.

— Et tu penses que ça va marcher ?

— Oui, Benoît. Il ne pourra pas faire autrement que de m'aimer, que de me choisir entre toutes. Mais d'où sors-tu à la fin ?

— Je sors de ma chambre. Je jouais avec la console de jeu vidéo.

— Je ne te demande pas d'où tu viens, mais d'où tu sors pour ne pas savoir ce qu'est un élixir ! C'est un philtre d'amour, un breuvage que préparaient les sorcières pour que l'élu tombe sous leur charme. Voilà !

— Mais ça ne marche pas, ce genre de chose ! Ce serait si simple de lui parler directement.

— On voit bien que tu n'es pas romantique pour un sou. On est loin de Tristan et Iseut.

— Je ne les connais pas. Mais je suis sûr qu'avec des noms pareils, ils vont s'inscrire à Cœur académie.

Marie-Pierre pousse un grand soupir.

— Idiot ! Ce ne sont pas des élèves. Ce sont les personnages d'un roman d'amour qui se déroule au Moyen Âge. Un vieux roi devait épouser la belle Iseut. Bien entendu, elle n'était pas enthousiaste. Alors, une servante dévouée reçut la mission d'utiliser un philtre pour qu'Iseut et le vieux roi deviennent amoureux. Tristan, le neveu du roi, chargé de ramener la belle au royaume, en but et en offrit par erreur à Iseut croyant que c'était de l'eau. Instantanément, ils devinrent très épris l'un de l'autre. Après s'être enfui avec elle, Tristan dut la quitter pour défendre son pays dans une guerre lointaine où il fut blessé gravement. Pensant qu'il ne reverrait jamais Iseut, il se laissa dépérir. Celle-ci, venue finalement à son chevet, le trouva sans vie et mourut de chagrin.

Ma sœur a souvent le nez dans les livres. À trois reprises on l'a nommée meilleure lectrice de l'école. Moi, je crois que la lecture lui monte à la tête et provoque de grands chambardements dans son cerveau.

— Tu appelles ça une histoire d'amour ? Tout le monde meurt !

— C'est ce que je disais, tu n'as pas une once de romantisme. Aide-moi plutôt à fabriquer cet élixir.

Elle s'empare de deux petits contenants remplis de framboises que maman réservait sans doute pour cuisiner un délicieux dessert. Elle les place directement dans le mélangeur. Puis elle sort d'un sac une drôle de racine toute tordue dont elle me dit de peler un morceau.

— Qu'est-ce que c'est ?

— Du gingembre. Je suppose que cela donne du goût au breuvage magique.

— Tu supposes ? Marie-Pierre, tu ne sais pas comment concocter un élixir !

— Je me suis inspirée de diverses recettes que j'ai consultées sur l'Internet. Tu vois, les framboises vont produire la couleur rouge qui, comme chacun le sait, est la couleur de l'amour et de la Saint-Valentin. Maintenant, j'ajoute du miel pour la douceur et pour la force du soleil que les fleurs ont emmagasinée bien avant la visite des abeilles butineuses.

Mais où va-t-elle chercher toutes ces âneries ? Elle a sûrement un don. À l'aide d'un petit couteau, je prélève un bout de racine de gingembre. Une agréable odeur parvient jusqu'à mes narines. Ça me réconcilie un peu avec le projet.

— La nourriture me fait penser à Nicolas, dis-je d'un air détaché. Peut-être qu'on pourrait lui en donner un peu. Il va mal depuis quelque temps.

— Surtout pas ! L'élixir doit être destiné à une seule personne. Ce sera Hugo et personne d'autre.

— Mais tu as remarqué que Nicolas a beaucoup maigri ?

— Il surveille son poids, c'est très bien.

Je n'arrive pas à attirer son attention sur mon ami. Pourtant, je crois qu'il aurait bien besoin que Marie-Pierre s'intéresse un peu à lui.

— Maintenant Benoît, tu vas filtrer l'eau de rose à l'aide du tamis.

Je soulève un verre contenant une masse rouge foncé, toute ratatinée, baignant dans un liquide rosé.

— Beurk ! qu'est-ce que c'est ?

— Ce sont des pétales de roses que j'ai fait bouillir dans de l'eau. Elles ont macéré toute la nuit. Tu n'as qu'à en mettre quelques gouttes dans le mélangeur.

Je m'exécute avec maladresse. Plusieurs millilitres rejoignent les framboises en purée. Marie-Pierre ajoute quelques ingrédients et termine en secouant avec vigueur une petite bouteille au col allongé.

— J'ai lu que la sauce Tabasco apportait la chaleur nécessaire au fonctionnement de l'élixir. Et voilà ! On mélange encore un peu, on ajoute un filet d'eau, on filtre et c'est prêt.

Le liquide, recueilli dans un tout petit verre, présente une belle couleur rouge clair. Le philtre n'a pas l'air trop rebutant.

— Maintenant, frérot, il ne te reste qu'à le lui faire avaler !

— Quoi ? Tu m'as demandé de t'aider à fabriquer l'élixir. Rien de plus !

— Benoît, je ne peux pas le lui offrir moi-même. Tu es le mieux placé en ce moment pour te charger de ce détail. Quand il aura bu, je deviendrai son Iseut.

Comme d'habitude, je me suis laissé convaincre. Ce soir-là, alors que Hugo et moi terminons notre préparation orale, je lui suggère une pause.

— Que dirais-tu d'un verre de jus ?

Concentré sur le travail, Hugo marmonne quelque chose que je m'empresse de traduire comme un oui. Je dépose donc devant lui l'élixir ainsi qu'un énorme plat de croustilles. Il fronce les sourcils en soulevant le verre à hauteur de son visage. Je le rassure :

— C'est un jus à base de framboises. Je t'ai donné ce qui restait. Moi, je vais me servir du lait.

— Du lait ? Avec des croustilles ? répond-il, étonné.

— Je vais m'en contenter.

Il est hors de question que je me permette du cola. Je me sens comme un gros chat qui vient d'offrir un fromage à une souris et qui n'attend qu'un moment d'inattention pour lui sauter dessus. Après une légère hésitation, il pige dans le plat de croustilles et accompagne le tout d'une première lampée. Par la porte entrebâillée, j'aperçois l'œil de ma sœur qui contemple la scène avec espoir. L'effet survient à la deuxième gorgée. Le visage de mon compagnon prend rapidement la couleur de l'élixir. Une grimace épouvantable lui transforme le visage. Une pluie de croustilles ramollies est expulsée de sa bouche par une quinte de toux tonitruante. Hugo se tient la gorge à deux mains et se précipite vers l'évier. Son corps tressaute et semble chercher à se débarrasser du diable en personne. Je suis estomaqué par sa réaction. J'entends ma mère qui rapplique.

— Qu'est-ce qui se passe, ici ? Mon Dieu, il s'étouffe ! crie-t-elle en apercevant le pauvre Hugo qui tente de boire à même le robinet.

Pendant qu'elle s'occupe de lui, j'éponge le reste de l'élixir qui s'est fort heureusement renversé sur la table. Cela permettra de faire disparaître les preuves. Après plusieurs minutes, Hugo retrouve son calme, mais il n'arrive plus à parler sans se mettre à tousser. Ma mère offre de le reconduire chez lui.

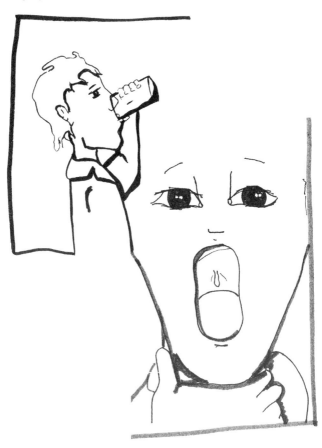

Après son départ, je réalise que, s'il ne récupère pas la voix, je devrai me taper la présentation orale au complet. Je pense que je vais de ce pas dire deux mots à ma sœur. Bien entendu, elle s'est évaporée de la maison.

Chapitre 4

Sérénade en mi jappeur

— Je ne pouvais pas deviner que la sauce Tabasco était si forte ! proteste Marie-Pierre.

Elle pose son sac d'école à ses pieds et distribue quelques saluts à un petit groupe d'élèves. Graduellement, la cour d'école se remplit de rires, de courses et de cris. Au loin, adossé au mur de briques, j'aperçois Nicolas qui consulte un bouquin. Même à cette distance, je peux constater qu'il n'est pas dans son assiette.

— Pourquoi ne vas-tu pas voir Hugo directement ? dis-je avec la certitude que l'affaire pourrait se régler en cinq minutes.

— Justement. J'ai réfléchi et je pense que tu as raison.

Pendant que mes lèvres aspirent l'air glacé à quelques reprises, un autobus jaune déverse, à quelques mètres de nous, une flopée d'étudiants. J'ai peine à croire que je l'ai convaincue si facilement.

— Alors, tu lui parleras ?

— Mieux que ça. Tu connais Roméo et Juliette ?

Ça y est, elle est repartie. Je hausse les épaules avec lassitude.

— Ce sont les personnages d'une pièce de théâtre. Ils étaient fous d'amour l'un pour l'autre. Notre professeur nous a raconté l'histoire. C'est un Anglais du nom de William Shakespeare qui l'a écrite.

Je n'essaie même pas de répéter le nom.

— Et quel est le rapport avec Hugo ?

— La scène du balcon !

Malgré mon absence de réaction, elle poursuit :

— La scène qu'il nous a lue montrait Roméo clamant son amour à Juliette qui lui répondait du haut de son balcon.

— Veux-tu bien me dire où tu veux en venir avec ton histoire de galerie ?

— Mais c'est évident ! Je vais lui déclarer mon amour de cette façon.

— Attends ! Je ne suis pas sûr de comprendre. D'abord, on ne sait pas s'il y a un balcon ou une galerie chez Hugo et nous sommes au milieu du mois de janvier.

— Je sais. Je me suis informée. Nous nous placerons sous la fenêtre de sa chambre qui est au deuxième étage. J'ai pensé moderniser la scène en lui chantant quelque chose à partir d'un karaoké. Ce serait chouette !

— Nous ? Tu as bien dit nous ?

— Bien sûr. J'ai besoin d'un coup de pouce pour installer le lecteur CD, les haut-parleurs et tout le tralala. Et avant que tu ne pousses les hauts cris, je te préviens que je peux t'aider en retour.

— Je n'ai pas besoin d'aide !

— Oh, que si ! Parce que tu pourrais bien te retrouver en plein Cœur académie.

Je n'ai pas encore résolu ce problème. Léa-Jeanne ne s'est pas manifestée. Je ne peux donc pas négliger le soutien de Marie-Pierre. Il semble que je m'enfonce dans des sables mouvants et que mes trous de nez seront bientôt bouchés.

— Je vois, reprend ma sœur, que tu as compris que nous pouvons nous épauler mutuellement. Je connais quelques arguments pour la dissuader de participer au concours.

Après tout, qu'est-ce que je risque à regarder Marie-Pierre se couvrir de ridicule ? Elle chante avec la grâce d'une porte qui grince. Mieux vaut ça que d'assister à Cœur académie.

Le soir même, nous nous dirigeons vers la maison de Hugo. Maman nous croit chez des amis ; nous avons une bonne heure devant nous. Le froid nous arrache des petits nuages de fumée qui s'envolent de nos bouches à intervalles réguliers. Basse dans le ciel, la lune nous observe avec son gros œil tout rond. Selon les informations de Marie-Pierre, Hugo est seul à la maison, car ses parents ont leur sortie hebdomadaire. Ma sœur a son propre service de renseignements.

— Voilà, nous y sommes, annonce-t-elle. Sa chambre donne sur l'arrière de la maison.

Avec précaution, nous contournons l'habitation de pierres grises ornée de volets blancs. Le rez-de-chaussée est faiblement éclairé et une clarté diffuse apparaît à la fenêtre de Hugo le cerveau.

— Il est peut-être couché ou en train de regarder la télévision au salon, dis-je, parcouru d'un long frisson.

— Ne sois pas pessimiste, Benoît. Hugo est un intellectuel. Il lit sans doute des poèmes à la lueur d'une chandelle.

— Où vas-tu pêcher toutes ces âneries ? Il s'amuse avec des jeux vidéo comme tout le monde.

— On voit bien que tu ne comprends rien à la poésie. Installe plutôt le lecteur CD et fixe le haut-parleur à cette branche, là, près de sa fenêtre.

— Tu ne me feras pas grimper dans cet arbre.

— Fais comme dans tes jeux vidéo !

Sans me laisser le temps de réagir, elle s'empare du haut-parleur qu'elle lance à la manière d'un lasso en direction de la branche. En moins de deux, le petit appareil se balance, au bout de son fil, à moins de deux mètres de la fenêtre.

— Et voilà ! Maintenant, tu te caches derrière l'arbre et je te fais signe quand je serai prête.

Je m'accroupis en posant le lecteur de CD portatif sur mes genoux. J'ai les doigts raides et engourdis par le froid. Ma sœur ajuste sa tuque et perd un temps fou à placer les quelques mèches de cheveux qui s'en échappent. Elle respire à grands coups, plusieurs fois, avant d'entonner de petits bouts d'une chanson à la mode.

— Dépêche-toi, Benoît !

— Voilà, voilà, j'y suis.

Elle lève le bras en écartant les doigts d'une façon théâtrale. Immédiatement, j'appuie sur le bouton de démarrage. Un long crissement sort du haut-parleur et fend la nuit comme une épée. Ma sœur sursaute, glisse, perd l'équilibre et tombe sur un genou. D'un geste trop rapide, j'actionne le bouton d'ouverture de l'appareil et le disque compact est catapulté dans la neige. Un grondement suivi d'une série de jappements s'élève de derrière la haie au fond du terrain.

— Bravo ! crie ma sœur. Tu vas ameuter tout le voisinage.

— J'espère que ce chien est bien attaché. Il n'a pas l'air commode, dis-je en fouillant la neige à la recherche du disque de karaoké.

— On recommence et, cette fois, concentre-toi, ordonne ma sœur en reprenant sa pose de chanteuse populaire.

J'essaie désespérément d'enlever la neige de la surface du disque tout en surveillant la haie qui semble s'animer. Les grognements et les lamentations augmentent en intensité. Vite, qu'on en finisse !

— Je suis prête, Benoît. Vas-y ! Mais qu'est-ce que tu attends ?

J'appuie de nouveau sur le bouton de démarrage, mais il ne se produit rien malgré le voyant vert indiquant que tout fonctionne. Je lève les yeux vers ma sœur qui, les poings sur les hanches, se lamente autant que le chien. Le haut-parleur glisse au sol. Je comprends que la fiche s'est détachée de l'appareil. Je me lève d'un bond et tente de rattraper le fil. Au même instant, une masse sombre émerge de derrière la haie et s'élance sur nous en aboyant. Un vrai monstre ! L'énorme chien soulève des nuages de flocons à chacun de ses sauts. Ses babines se retroussent sur des crocs qui scintillent sous la lune. Sans demander mon reste, j'empoigne le haut parleur.

— Cours, Marie-Pierre !

— Et ma sérénade ?

— Le chien va s'en occuper, ne t'en fais pas !

Nous détalons sous le clair de lune sans même nous préoccuper du mastodonte qui aboie et pleure de ne pouvoir vraiment s'élancer à nos trousses, sa chaîne l'en empêchant. À bout de souffle, nous atteignons l'entrée de notre maison. Notre escapade a réveillé plusieurs chiens du voisinage. Hugo aura droit à son concert, mais il sera bien malin s'il fait le lien avec ma sœur.

Chapitre 5

Double révélation

Ce matin, les thermomètres ont ravalé leur mercure. Le froid mord désagréablement la peau. Pour cette raison, la directrice a décidé que la récréation se déroulerait au gymnase. Tous les élèves y sont donc entassés. J'aimerais parler à Léa-Jeanne, mais Hugo me colle après comme un morceau de velcro. Sa gorge est encore irritée par l'effet de l'élixir. Quant à la sérénade, aucune chance qu'il ait eu vent de nos idioties : il a passé la soirée chez sa tante. Nous nous sommes gelés et ridiculisés devant une maison vide ! Ma sœur devra revoir son réseau d'espionnage.

J'ai l'intention de mettre cartes sur table. Pour y arriver, j'essaierai de convaincre Léa-Jeanne d'abandonner l'idée du concours, j'inviterai Nicolas chez moi et je m'arrangerai pour le laisser seul avec Marie-Pierre ; Hugo n'aura qu'à se débrouiller avec ses histoires de cœur. Voilà ! Et que la Saint-Valentin retrouve la simplicité d'antan.

— Tu sais, Benoît, me dit Hugo, il ne reste qu'une semaine avant l'inscription à Cœur académie. Ensuite les épreuves de sélection auront lieu pour choisir les dix couples qui passeront le jour de la Saint-Valentin ensemble, ici même dans le gymnase.

— Mais pourquoi tiens-tu tant à participer à ce concours ?

— Pour le défi. Il y aura des questions difficiles avec des exercices pratiques, des énigmes à résoudre en utilisant nos connaissances en français, en mathématiques, en anglais ou en sciences. Ce sera amusant. Sans parler des prix. Les grands gagnants iront à New York avec leur famille.

On peut aussi gagner un puissant télescope, plein de bouquins et de bons d'achat.

— Mais ça ne te fait rien, Hugo, qu'on te voie à la télévision, qu'on accorde des points sur tes habiletés personnelles et que, par exemple, on étale devant tout le monde que tu es un grand timide qui dort toujours avec son ourson ?

— Je ne dors pas avec un ourson !

— Mais tu es timide.

Ses joues deviennent écarlates comme une poignée de fraises.

— Ce n'est que la télévision communautaire ; il n'y a pas beaucoup d'auditoire.

— Mais toute l'école te verra ! On va te comparer, t'ausculter, t'examiner, te disséquer ! Tout le monde connaîtra ton intimité.

— Tu exagères un peu. Ce n'est qu'un jeu.

Alors que je m'apprête à poursuivre avec d'autres objections, son regard s'allume d'une drôle de façon. Derrière mon épaule, quelque chose semble le fasciner.

— Dis, tu m'écoutes ?

— C'est elle, me souffle-t-il.

Je me retourne et je cherche ma sœur parmi la masse des élèves.

— Je ne la vois pas, dis-je.

— Elle est au fond là-bas, près des espaliers.

J'ai beau me sortir les yeux de la tête, Marie-Pierre demeure invisible. Voyant mon air indécis, Hugo s'empresse d'ajouter quelques détails.

— C'est celle avec les cheveux noirs. Elle porte une veste brune. Elle est d'origine amérindienne, je crois.

Tout d'un coup je ne vois qu'elle. Parmi une myriade d'étoiles, je n'aurais aucune peine à la retrouver. Léa-Jeanne brille à mes yeux plus que n'importe qui. J'observe sa gestuelle pleine de charme. Son sourire est radieux et éclipse toutes les autres. Ses cheveux noirs et soyeux caressent son visage dont je connais très bien la peau douce.

— Elle ? murmuré-je.

— Tu la connais ?

Je reste muet. Mon vocabulaire s'amenuise. Je deviens calculateur. Mon cerveau analyse l'intérêt de Léa-Jeanne pour Cœur académie, l'additionne à celui de Hugo, le soustrait de mon aversion pour le concours, le multiplie par le cerveau de Hugo et celui de mon amie qui n'est pas mal non plus. Le résultat me convainc que je dois soutenir ma sœur dans son entreprise de séduction. Je me suis trompé royalement sur les intentions de Hugo.

— Est-ce que ça va, Benoît ?

Je fais un signe affirmatif. Hugo ne sait rien pour Léa-Jeanne et moi. Avant que le hasard nous jumelle pour l'oral sur la poésie, le cerveau et moi nous connaissions à peine. J'ai pensé qu'il s'intéressait à ma sœur alors qu'il n'en était rien. Je le dévisage avec insistance et je panique en déroulant la liste de ses atouts, des kilomètres de qualités qui pourraient bien plaire à Léa-Jeanne si Hugo parvenait à franchir la barrière de sa timidité.

On annonce la fin de la récréation. J'aperçois Nicolas qui se faufile vers la salle des toilettes. Je ressens le besoin de parler à mon meilleur copain. Je laisse Hugo à ses rêves et je rejoins Nicolas.

Courbé au-dessus de l'évier le plus éloigné de la porte, je le surprends à tenter de se faire vomir en s'introduisant les doigts dans la bouche.

— Mais qu'est-ce que tu fais, Nicolas ?

Il se redresse vivement et s'essuie aussitôt la bouche avec une serviette de papier. Le robinet coule toujours. Je m'approche lentement.

— Tu es malade ? demandé-je, incrédule.

— Mais non, c'est juste un malaise. J'ai peut-être trop mangé, ce matin.

— Est-ce que ça va, Nicolas ? Tu es tout pâle.

Un garçon entre, se lave les mains rapidement et nous souligne en sortant qu'il est temps de retourner en classe.

— Pourquoi fais-tu exprès pour te faire vomir ?

Ses yeux s'emplissent de larmes. Il continue machinalement de frotter ses mains avec le papier. C'est la première fois que je le vois pleurer. J'en suis tout ému.

— Tu ne sais pas ce que c'est, que d'être gros ! réplique-t-il. Il y a toujours quelqu'un pour faire une remarque déplaisante. Et les filles ne s'intéressent pas à nous.

Je ne sais pas quels mots prononcer pour réconforter mon ami. Évidemment, je choisis les pires.

— Mais ce n'est pas si grave...

— Tu peux bien parler, toi ! Tu as ta belle Léa-Jeanne et Hugo ne te lâche plus.

Je note le reproche. Moi aussi, j'ai négligé Nicolas avec toutes ces histoires de concours et de flirts.

— Je voulais dire que ce n'est pas si grave... d'être un peu enveloppé. On t'aime comme tu es.

— Eh bien, pas moi. J'ai décidé que je n'aurais plus de graisse et j'y arriverai.

— Mais ne te rends pas malade pour ça, Nicolas. Tu as déjà perdu beaucoup de poids, c'est bien assez.

Sa tête fait un signe de négation. Sa peine est tellement présente que je pourrais presque la saisir pour l'emporter. Il frotte ses joues et ses yeux pour éliminer toute trace de larmes. Je serre son épaule avec fermeté pour lui transmettre la force de mon amitié. Il se dégage en m'adressant un sourire tiède. En moins de dix minutes, j'ai pris conscience de l'ampleur de mes problèmes. Je risque de perdre Léa-Jeanne si ma sœur échoue dans son projet de séduire Hugo. D'un autre côté, Nicolas deviendra très malade si ma sœur continue de l'ignorer.

Pourquoi est-ce si compliqué à mesure que l'on vieillit ? Qu'est-ce que ce sera dans vingt ans ?

Chapitre 6

La tirade du cerveau

Il m'a fallu user de beaucoup de persuasion pour amener Hugo à participer à la petite pièce de théâtre que ma sœur et moi voulons offrir à ma mère pour son anniversaire. Bien entendu, c'est une idée originale de Marie-Pierre. Notre mère est une intellectuelle et elle adore tous les arts, mais la musique et le théâtre sont ce qu'elle préfère par-dessus tout.

Je suis étonné de la réticence du cerveau. Hugo est si habile durant les présentations orales en classe, comment peut-il être terrorisé de donner la réplique à Marie-

Pierre ? Le blocage est beaucoup plus important que je ne le croyais. Hugo le cerveau a vraiment besoin d'aide. J'ai fini par le convaincre en lui soumettant le projet comme une sorte d'essai pour Cœur académie.

Cette fois, j'ai pris les choses bien en main. Pas question de rien abandonner à l'improvisation de ma sœur. Nous nous sommes préparés deux jours durant. Elle et moi avons fignolé les décors et les costumes avec enthousiasme. À la suggestion de notre grand-mère, Cyrano de Bergerac, le célèbre personnage d'Edmond Rostand, revivra dans notre sous-sol. Marie-Pierre veut du romantisme, elle sera servie ! Grand-maman l'a aidée à confectionner une robe dans le plus pur style XIXe siècle. Hugo et moi avons mis nos chapeaux à large bord, nos épées de bois et nos bottes de cuir. Le décor est très coloré et représente un balcon, un accessoire qui semble impossible à éviter dans une scène d'amour. De grandes plantes et de vieux rideaux complètent le tout.

Toujours avec l'aide de grand-mère, j'ai choisi un passage qui m'apparaissait rigolo.

Dans cette scène, le personnage principal, Cyrano de Bergerac, parle de son gros nez en long et en large. Entre les ailes de mon imagination, cela deviendra la tirade du cerveau ! Et tant qu'à faire, j'ai interverti les rôles pour avantager Marie-Pierre.

Vers sept heures, notre public s'installe. Mes parents, ceux de Hugo, nos grands-mères et grands-pères respectifs s'installent dans le sous-sol à peine éclairé. Papa s'est proposé pour la technique. Il s'occupera des éclairages et de la musique.

Nous avons répété tout l'après-midi. Hugo a fini par se dégeler un peu. J'ai gardé secret le texte de ma fameuse tirade. Marie-Pierre, qui incarnera Roxane, le récitera de son balcon à son amoureux Cyrano, dont le rôle sera tenu par Hugo. Il n'aura que quelques répliques à prononcer. Je serai celui qui, caché derrière une plante, murmure à la belle les mots destinés à séduire Cyrano. Dans la pièce originale, c'est Cyrano qui chuchote le texte à un beau cavalier follement épris de Roxane.

— Bang ! Bang ! Bang !

Derrière le décor, je frappe trois grands coups sur le plancher à l'aide d'un vieux bâton de hockey. À mesure que l'éclairage inonde le décor et qu'une musique joyeuse apaise les conversations, le trac s'installe parmi nous. Hugo est le premier à entrer en scène. À grands coups d'épée contre des adversaires imaginaires, il la traverse en hurlant :

— Fuyez ! Brigands !

Dans son enthousiasme débordant, il accroche un projecteur qui se met à osciller dangereusement au bout de sa chaîne. Les premiers éclats de rire se font entendre. Mon père se lève et stabilise l'éclairage. Moi, je stabilise Hugo en lui soufflant la suite.

Il rengaine son épée et, de sa main gantée, il redresse son chapeau. Je vois que son front est couvert de sueur.

— Rose-Anne ! crie-t-il.

Je lui chuchote le nom exact.

— Je veux dire Roxane, reprend-il en hésitant tandis que ricanent les spectateurs.

Marie-Pierre ajuste robe et coiffure. Grand-mère lui a savamment composé une haute toque sur la tête. Hugo bafouille la suite.

— Les brigands sont en « fuir », en fuite ! Sortez, belle... belle...

— Courtisane, dois-je souffler de nouveau.

— ... Tisane ! s'écrie-t-il avec force.

Le rire gras de mon père couvre celui de tous les autres. Marie-Pierre s'engage dans la porte taillée dans le mur de carton. Se tenant plus droit que durant la répétition, le haut de sa coiffe accroche l'encadrement et le faux mur, poussé par ses cheveux, bascule. Je me précipite et libère sa coiffure d'un geste vif en redressant le décor d'un même mouvement. L'hilarité est à son comble. Ma sœur jouera le reste de la scène avec des cheveux qui ont maintenant l'allure de la tour de Pise.

— Ah ! Cyrano ! Quel courageux combattant êtes-vous ! déclame-t-elle en joignant les mains.

— Oui..., clame Hugo en cherchant la suite.

Décidément, le bel Hugo n'a pas tous les talents. Je souffle encore une fois le texte. Hugo répète mécaniquement :

— ... Je-ne-laisserai-personne-vous-incommoder.

Marie-Pierre, après quelques mots délibérément maladroits et embarrassés, réintègre sa chambre par la porte. Elle se dirige vers moi au moment où mon père plonge le sous-sol dans la pénombre. Un spot rouge éclaire alors mon visage et celui de ma sœur.

— Marquis de Neuvillette, il faut que vous m'aidiez, me dit-elle. Je ne saurai, sans vous, trouver les mots pour le beau Cyrano.

— Madame, dis-je d'une voix trop appuyée, je suis votre serviteur dévoué. Parlez-lui du haut de votre balcon, je vous soufflerai le discours, dissimulé sous les sorbiers.

— Ah ! si vous saviez comme je tremble de ne pouvoir l'impressionner. S'il fallait qu'il me laisse tomber.

À ce moment, Marie-Pierre porte la main à son cœur et l'éclairage s'éteint doucement. Un air de violon langoureux ramène tout le monde au balcon, pendant que je m'installe à genoux sous les plantes qui, habituellement, s'étalent au salon.

— Roxane, où étiez-vous ? se lamente Hugo qui n'arrive pas à trouver le ton juste.

— Je coupais pour vous une mèche de mes cheveux.

Marie-Pierre brandit une perruque blonde jadis portée par ma grand-mère. La référence au scalp ne tarde pas dans la bouche de mon grand-père. Sous une autre vague de ricanements, Hugo enfouit la perruque sous sa veste, non sans difficulté.

— Cyrano, je vous admire. Votre beauté n'a d'égal que votre intelligence.

— Madame, je n'ai pas de mérite... à avoir... hérité d'un gros cerveau.

— Gros ? C'est tout ! C'est un peu faible, monsieur. On pourrait en dire tellement de choses. En variant le ton par exemple. Tenez...

La longue réplique qui suit a été épinglée discrètement sur la rampe du balcon. Ma sœur n'a qu'à y poser les yeux pour éviter le trou de mémoire. Mon personnage, le marquis de Neuvillette, lui murmure quelques mots de temps à autre.

— D'un ton prévenant : " Ce doit être lourd, d'avoir tant d'idées à porter, il faudra un jour une base de ciment pour mieux le supporter. "

« D'un ton admiratif : " Moi, monsieur, si j'avais un tel cerveau, il faudrait que je le porte comme un drapeau ! "

« D'un ton tendre : " Laissez-moi toucher vos cheveux qui trempent nombreux dans un terreau si majestueux. "

« D'un ton campagnard : " Hé bin. C'est-y pas un melon ou une citrouille qui garnit votre bouille ! "

« D'un ton curieux : " Le promontoire sous votre chapeau, est-ce une bosse de chameau ou la tour d'un château ? "

« D'un ton respectueux : " Sachez, Monsieur, que mon cœur résonne devant tant de neurones ! "

« D'un ton affectueux : " Approchez, que j'embrasse ce joyau qui, dans votre tête, tient lieu de si noble noyau. "»

À ce moment, Hugo doit s'approcher et soulever son chapeau en croyant recevoir un baiser sur la tête. La mise en scène prévoit plutôt qu'à la faveur d'une extinction de l'éclairage, Marie-Pierre en profite pour l'embrasser sur la bouche. D'après mes calculs, ça devrait être suffisant pour que mon camarade tombe sous le charme de ma sœur.

Marie-Pierre s'exécute dans le noir le plus total. Un cri accompagne un bruit de chute. Le sous-sol s'éclaire de nouveau. Hugo est sur le dos et ma sœur est frappée de stupeur. Sous les applaudissements du public, nous nous regroupons pour les salutations finales.

Un peu plus tard, alors que tout le monde est parti, je questionne Marie-Pierre :

— Hugo avait l'air sonné. Je crois que tu lui as fait de l'effet !

— Je n'en suis pas aussi sûre. Quand je l'ai embrassé sur le nez, il a crié et est tombé à la renverse.

— Sur le nez ! Tu l'as embrassé sur le nez ?

— J'aurais voulu t'y voir en pleine noirceur. J'étais sur le décor en position plus haute que lui. Et puis je te rappelle que c'était ton idée de fermer le courant, MONSIEUR le metteur en scène !

Sans le vouloir, mon adaptation de la pièce s'est rapprochée du scénario original : le museau a pris le dessus sur le cerveau. Ce qui fait qu'à vue de nez, nous en sommes toujours au même point !

Voie de guérison

Il ne reste que quelques jours avant la période d'inscription à Cœur académie. Vingt concurrents seront sélectionnés pour la fameuse journée qui coïncidera avec la Saint-Valentin. Les couples de participants doivent se mettre en valeur en présentant un court numéro devant un jury composé de professeurs et de gens extérieurs à l'école. Marie-Pierre, dépitée par son échec à attirer Hugo le cerveau, est aussi tendue qu'une corde de piano. Je commence à me sentir nerveux moi aussi. J'évite Léa-Jeanne de peur qu'elle ne m'invite à participer au concours. Mais je suis conscient que cela laisse toute la place à Hugo. Comme si ce problème n'était pas assez criant, je viens d'apprendre que mon copain Nicolas a été hospitalisé la veille. Il s'est évanoui à la maison. Heureusement, après lui avoir injecté une sorte de liquide nutritif dans les veines, le médecin l'a retourné chez lui. Je n'arrive pas à croire qu'il se laisse dépérir pour ma sœur. Il semble que je sois devant un puzzle dont les morceaux ne parviennent pas à s'imbriquer.

La mère de Nicolas me reçoit avec beaucoup de gentillesse. Elle paraît très inquiète pour son fils. Évidemment, elle ne sait rien des motivations de Nicolas. Je me dirige sans hésiter vers la chambre de mon ami.

Je pousse la porte entrebâillée. Mon copain est allongé sur son lit. À mon arrivée, il abandonne la lecture d'un roman. Il a quand même meilleure mine. Son passage à l'hôpital lui a fait du bien. Ses joues ont repris un peu d'incarnat et ses yeux ont retrouvé leur éclat.

— Comment vas-tu, Nicolas ?

— Ça va, dit-il. Je serai à l'école demain.

— Super ! Je t'ai apporté quelque chose.

Je sors une grosse tablette de chocolat de la poche de mon anorak. La préférée de Nicolas. Il la regarde fixement. Je ressens quand même un malaise à le tenter de cette façon. Sans attendre son avis, je déchire l'emballage et j'expose le chocolat sur le lit tout près de sa main. Je fractionne la tablette et j'engouffre un morceau goulûment.

— Hum, il est très bon. Sers-toi. Ça donne des forces. C'était comment à l'hôpital ?

— Bien. Tout le monde a été gentil avec moi.

— Tu leur as dit que ton régime extrême était destiné à te faire remarquer par une fille ?

Les joues de Nicolas se colorent d'un ton sur l'échelle de la rougeur.

— Je fais ça pour être moins gros, proteste-t-il.

— Eh bien, je te confirme que tu es moins gros et que tu peux recommencer à manger normalement.

J'appuie mon affirmation en lui plaçant un carré de chocolat dans la main, tandis que j'enfourne mon deuxième morceau.

— De cette façon, tu auras des forces pour te faire valoir auprès de ma sœur. Et crois-moi, tu auras besoin d'énergie, car plus elle vieillit, plus elle est compliquée !

— Tu dis ça parce que c'est ta sœur. Moi, je la trouve drôle et elle a toujours plein d'idées. Et puis elle est mignonne.

Du bout des dents, Nicolas croque son chocolat. Je l'encourage en prenant mon troisième morceau.

— Tu devrais trouver le moyen de lui dire ce genre de compliments. Les filles adorent qu'on soit romantique avec elles, qu'on fasse preuve d'originalité.

Voilà que je répète les idioties de ma sœur ! À croire que les derniers jours ont éprouvé mon système nerveux.

— Tu sais comment t'y prendre, toi ? m'interroge Nicolas en avalant une dernière bouchée.

Sans attendre, je lui glisse un autre carré entre les doigts.

— Moi ?

En évitant de lui donner des détails sur les intentions de Marie-Pierre, je lui parle de poésie, de déclarations récitées du haut d'un balcon, d'élixir, de Roméo et de Cyrano de Bergerac. Il m'écoute avec intérêt tout en se servant une autre portion de chocolat.

— Je ne savais pas que tu t'intéressais à ce genre d'histoire.

Le hockeyeur en moi se sent diminué de plusieurs centimètres. J'essaie de redorer mon blason de sportif.

— Heu... on m'a collé une production écrite pour la Saint-Valentin. C'est pour cette raison que je suis souvent avec Hugo. On a été obligés de faire beaucoup de recherches sur ce thème.

— Ouais, ton nouveau copain.

— J'ai appris à le connaître. On n'avait pas le choix de travailler ensemble. Il n'est pas aussi parfait qu'il en a l'air. Il aimerait bien avoir une copine, mais il n'y arrive pas.

Sans s'en apercevoir, Nicolas a mangé le reste de la tablette. Il a l'air songeur. Je pense que de savoir le bel Hugo en aussi mauvaise posture que lui par rapport aux filles va le faire réfléchir. Nous passons l'heure qui suit à jouer à un jeu vidéo.

Fier de ma visite à Nicolas, je décide de me récompenser en visitant le dépanneur du coin avant de rentrer à la maison. J'y rencontre Hugo en réflexion devant l'étalage de croustilles. Il semble plutôt enjoué. On dirait que l'épisode du nez ne l'a pas trop dérangé.

— Salut, Benoît ! On a eu notre résultat pour le travail sur Nelligan. C'était bien.

Bien ? Avoir neuf sur dix en français constitue pour moi un sommet que je qualifierais de super extra excellent ! Mais je suppose que cela ne provoque qu'une légère étincelle d'enthousiasme dans un cerveau comme le sien. Son attitude est quand même bizarre. Il paraît moins stressé. Aurait-il abandonné son rêve de participer à Cœur académie ?

— Je suis désolé pour la fin de la pièce.

Il lève un sourcil interrogateur.

— Ouais, pour ma sœur... sur ton nez ! dis-je en pointant le mien.

— Bah ! ce n'est rien, Benoît. Au contraire, ton idée de me faire jouer dans une pièce de théâtre m'a donné du courage.

— Qu'est-ce que tu veux dire ?

— Que je me suis décidé.

Un pincement au cœur accélère dangereusement mon pouls. Se peut-il qu'il ait osé aborder Léa-Jeanne ? Sans regarder, je prends n'importe quoi sur la tablette du bas et j'emboîte le pas derrière lui pour me diriger vers la caisse.

— Décidé à quoi ?

Hugo se retourne. Son visage est illuminé. Il me confie à voix basse qu'il a écrit une courte lettre poétique. Heureusement, il ne l'a pas signée. À mesure que je l'écoute, ma respiration reprend son cours normal. Il est encore temps d'agir. Nul doute que Hugo le cerveau prend de l'assurance. Il faudra que j'innove à la vitesse grand V.

Après avoir payé au comptoir, Hugo me demande :

— Est-ce que tu bois également du lait en mangeant ça ?

Je me rends compte que je tiens à la main un sac de biscuits pour chiens. La caissière esquisse un sourire, mais je ne la vois plus tellement je suis obsédé par l'urgence de mon ultime scénario.

Chapitre 8

Héros ou zéro

— Entre !

D'un geste brusque, je tire Hugo par la manche et je ferme la porte derrière lui. À mon air affolé, il devine que quelque chose ne tourne pas rond. Mes parents sont absents et ma sœur, au sous-sol, va passer à l'action très bientôt. Je pose l'index sur ma bouche pour imposer la discrétion. Perplexe, Hugo m'examine. Sa mâchoire semble hésiter à se refermer complètement. Vais-je réussir à transformer en héros ce prodige intellectuel, fleuron de notre école ?

— Mais qu'est-ce qui se passe, Benoît ?

— Chut ! dis-je en recommençant mon manège avec l'index. Ne parle pas si fort et ne bouge pas.

Je me compose un visage teinté d'inquiétude, puisé directement dans ma réserve personnelle d'expressions toutes faites. Cela est très pratique face à un père en colère ou à une mère excédée.

— Je ne sais pas quoi faire, Hugo. Il y a un intrus dans la maison. Je crois que c'est un voleur.

— Un... un voleur ! Mais il faut sortir d'ici et alerter les voisins, la police !

À voir son allure affolée, je constate qu'il a mordu à l'appât.

— On ne peut pas, dis-je. Marie-Pierre est en bas, et le voleur aussi.

— Il l'a attrapée ?

— Non, il l'a surprise. Il a forcé la porte du sous-sol. Elle y était déjà. Je ne les entends plus.

— Alors, utilisons le téléphone.

— Impossible. La ligne est coupée.

— Mais tu viens de me téléphoner pour me demander de venir !

— Ça s'est passé entre-temps. Essaie toi-même.

Hugo soulève le combiné du téléphone et son visage blêmit. Il ne vérifie même pas la prise, que j'ai simplement débranchée. Je profite de son désarroi.

— Il faut sauver Marie-Pierre.

— Vous n'avez pas un « cellulaire » à la maison ?

— Mon père l'a apporté.

C'est à ce moment que Marie-Pierre procède à la première partie de la mise en scène. Elle laisse tomber un vieux grille-pain au sol. L'effet est percutant. Hugo le cerveau roule des yeux et se met à bouger sur place en exécutant une sorte de cha-cha-cha loufoque. Il va falloir que je l'aide un peu.

— Il faut faire quelque chose. On ne peut pas l'abandonner toute seule en bas avec ce voleur.

— Mais c'est peut-être dangereux ! dit-il en remplaçant sa danse par une série de gestes nerveux qui semblent destinés à malmener son manteau.

— C'est pourquoi il faut agir vite ! On descend. Au pied de l'escalier, on prend chacun un bâton de hockey.

— Pour quoi faire ? Je ne sais pas jouer.

Je m'aperçois qu'un cerveau sous tension perd de ses facultés.

— On s'en servira pour se défendre. Allez, viens !

J'ouvre la porte du sous-sol avec précaution. Au même instant, Marie-Pierre brasse quelques outils dans le coffre de mon père. Je descends quelques marches, en sachant très bien qu'il n'y a rien de dangereux en bas. Hugo reste prudemment sur la première marche. Sa tuque pointue le fait ressembler à un nain de jardin. Je lui fais signe d'approcher. Ses grosses bottes d'hiver hésitent à s'aventurer sur les marches. Avant de poursuivre mon avancée, je lui arrache son couvre-chef. Un héros se doit de soigner son image.

— Be... Benoît ?

— Quoi ? murmuré-je en saisissant un bâton de hockey.

— Je pourrais rester ici. Si ça tournait mal, j'irais chercher du secours.

Mon regard le dissuade de mettre ce plan à exécution. Nous nous retrouvons sur le parquet du sous-sol. Hugo tente de se dissimuler derrière son bâton, qu'il tient droit devant lui, la palette en face de son visage. Qu'est-ce que Marie-Pierre attend pour porter le coup final ? À ce rythme, il faudra ramasser Hugo à la petite cuillère.

— Qu'est-ce que vous faites là ? crie ma sœur au voleur imaginaire.

Un bruit de ferraille accompagne le cri aigu de Marie-Pierre. Je trouve qu'elle force un peu la note. Sans hésiter, je me précipite vers la porte du fond en brandissant mon arme improvisée. Comme prévu, ma sœur est étendue sur le plancher au milieu de l'atelier de mon père. Ses cheveux sont savamment disposés autour de son visage pour donner l'illusion qu'elle a été malmenée. Je m'exclame en la voyant.

— Oh ! Marie-Pierre ! Viens m'aider, Hugo !

Mais celui-ci reste figé, le bâton de hockey devant lui, comme un joueur au garde-à-vous à l'écoute de son hymne national. De toute évidence, Hugo n'a pas la fibre du héros. Pourvu qu'il accepte de réanimer ma sœur. Je ne me vois pas en train de lui souffler de l'air dans la bouche pour valider mon scénario.

— Approche, Hugo. Marie-Pierre est évanouie et il n'y a plus personne.

Il se décide enfin, en utilisant son bâton de hockey comme une lance de chevalier. Sitôt franchi le seuil de l'atelier, il ne peut que constater la scène : Marie-Pierre au plancher, l'établi en désordre comme si on l'avait fouillé et la fenêtre à demi ouverte pour simuler un départ précipité. Je ferme cette dernière pour éviter que ma sœur finisse par attraper une grippe.

— Le voleur s'est enfui, dit Hugo ; je vais chercher de l'aide chez les voisins.

— Mais attends ! Nous devons réanimer Marie-Pierre. On ne peut pas la laisser comme ça. Il faut lui faire le bouche-à-bouche.

— Le quoi ? demande mon copain avec étonnement.

— Tu sais bien. Il faut l'aider à se réveiller en lui insufflant de l'air dans les poumons.

— Mais elle n'est pas noyée ! s'objecte Hugo.

— C'est tout comme. Regarde, elle est sous le choc.

Avant que mon camarade puisse ajouter la moindre protestation, un bruit de pas martèle l'escalier. Cette fois, c'est mon cœur qui s'emballe. Nous n'attendions personne. Mes parents ne rentreront pas avant deux bonnes heures. J'aurais dû verrouiller la porte d'entrée.

— C'est peut-être le voleur qui revient ? s'enquiert Hugo, qui se cache de nouveau derrière sa palette.

Heureusement, il ne s'aperçoit pas que ma sœur vient d'ouvrir les yeux. Elle commence à s'impatienter. Moi, je n'ai d'attention que pour le bruit de pas qui vient de s'immobiliser. Un bruit de chute succède à celui d'une voix bien faible.

Il n'y a pas de doute, quelqu'un vient de débouler l'escalier. Je passe la tête par la porte de l'atelier : mon ami Nicolas est étalé de tout son long sur le plancher. Mais que vient-il faire ici ? J'espère qu'il ne s'est pas blessé. J'abandonne Marie-Pierre, qui lève la tête lorsque je crie le nom de Nicolas en me précipitant.

Mon ami est tout pâle. J'ouvre son manteau pour lui donner de l'air. Cette fois, ça n'a rien d'une mise en scène ! Qu'est-ce qu'il faut faire ?

— Viens ici, Hugo, il faut que tu m'aides.

— Je refuse de lui souffler de l'air dans la bouche. D'ailleurs, ce n'est pas nécessaire. Regarde ta sœur, elle se porte bien.

Effectivement, Marie-Pierre vient me rejoindre, parfaitement consciente qu'un événement imprévu vient de s'insérer dans mon scénario.

— Qu'est-ce qu'il y a ? demande-t-elle, les yeux ronds comme des billes.

— Je crois que c'est son fichu régime. Il s'est mis dans la tête de maigrir pour que tu le remarques. Il t'aime. Il exagère. S'il n'arrête pas, il va tomber malade pour de bon.

— Tu veux dire qu'il fait ça pour moi...,
dit Marie-Pierre d'une voix étrange.

Hugo s'approche et se penche sur le
corps inanimé de Nicolas.

— Il est très pâle. Je pense qu'il faudrait
une serviette d'eau froide, dit le cerveau
d'un air pénétrant.

— J'y vais, lancé-je avec détermination
pendant que Marie-Pierre, l'œil humide, se
penche sur Nicolas et lui applique doucement un baiser sur le front.

Chapitre **9**

Cœur à cœur

Le gymnase est devenu un immense plateau de tournage. Sur le mur le plus long, une série de décors contigus a été installée. Chacun d'eux représente un lieu d'épreuve pour les concurrents. Ceux-ci s'y activent en même temps, au grand plaisir des spectateurs qui défilent entre les caméras de la télévision communautaire. La rumeur court qu'un grand réseau de télévision filmera des extraits pour le journal télévisé du soir.

L'atmosphère est joyeuse en même temps que tendue. On encourage ses candidats favoris avec enthousiasme. Pour l'occasion, l'école est ouverte à la population. De nombreux parents et amis ont accepté l'invitation. Comme c'est le jour de la Saint-Valentin, tout le monde porte du rouge, que ce soit un foulard, un chapeau, un pantalon ou des bottes.

Ma sœur et son partenaire ne s'en tirent pas trop mal. La lutte entre les concurrents est très serrée. Marie-Pierre s'active actuellement sous l'œil scrutateur de la caméra, dans la section aménagée en cuisine. Le but est de confectionner un gâteau sans utiliser de recette. Les deux membres de l'équipe doivent s'entendre pour atteindre le meilleur résultat dans un temps donné. Le jury, composé de professeurs, de parents et d'élèves, note la procédure, le résultat, la collaboration des équipiers, les habiletés personnelles déployées. Les points s'accumulent sur un grand tableau. Des interviews avec les participants révèlent leur personnalité, leurs goûts et leurs intérêts. À mesure que la journée progresse, ils nous deviennent de plus en plus familiers et les clans de supporters se précisent.

Hugo le cerveau s'en tire bien. Les épreuves théoriques rachètent sa dextérité manuelle. Sa cabane d'oiseaux a suscité beaucoup de rigolade quand à grands coups maladroits de marteau, il a tenté d'en assembler les murs et le toit. Sa partenaire a même eu besoin de premiers soins lorsqu'un de ses doigts a viré au bleu foncé.

Je n'ai pas passé l'épreuve de sélection. Rien n'a pu y faire ; le cœur n'y était pas. J'ai déçu Léa-Jeanne, mais pas autant que je le craignais. La lettre poétique que lui a fait parvenir Hugo a adouci sa déception. Comme elle n'était pas signée, elle a cru que j'en étais l'auteur. Hugo n'a pas voulu que je rétablisse les faits. Il m'a dit de considérer cette lettre comme un retour de service de sa part, maintenant que nous étions devenus amis. En plus, le cerveau a trouvé sa moitié d'équipe pour le concours. Rien ne peut le rendre plus heureux.

Le tableau de pointages est modifié pour chacune des équipes. Ma sœur, qui vient de réussir un bon résultat à l'épreuve du gâteau, devra quand même se surpasser pour le dernier jeu.

— Il semble bien, clame l'animateur dans son micro, que nous aurons droit à une finale exceptionnelle. La compilation des votes du public et de ceux du jury place l'équipe de Marie-Pierre Lalime et celle de Mary-Lou Lépine presque nez à nez. Deux points seulement les séparent !

De la foule s'élèvent des cris, des sifflements et des encouragements. La finale se jouera entre ces deux équipes puisque l'écart avec la troisième place est trop important. Je suis quand même inquiet pour mon ami Nicolas. Il semble très fatigué. Malgré tout le bonheur d'avoir enfin reçu l'attention de ma sœur et d'être son partenaire pour le concours, son énergie est au plus bas. Bien entendu, son état physique fait l'objet d'une certaine attention de la part des organisateurs. À quelques reprises, ils ont failli les retirer de la compétition.

Quant à Hugo, il est très fier d'être le coéquipier de Mary-Lou, nommée et surnommée « l'épine » parce qu'elle ne se laisse pas marcher sur les pieds. Ses réactions sont impulsives et explosives. C'est d'ailleurs un de ces débordements émotifs qui a charmé Hugo. L'amour emprunte parfois des chemins bien tordus et imprévisibles. Cela s'est produit à deux jours de

l'échéance pour l'inscription à Cœur académie.

Jamais un cerveau n'a connu plus
grande excitation et moi, plus grand soula-
gement. À l'avenir, je laisserai au destin le
travail d'apparier les cœurs.

— Alors, sans plus attendre, poursuit
l'animateur, terminons en beauté cette
magnifique journée de Cœur académie !

Tous les regards convergent vers le
décor représentant un parc. Des bancs, un
authentique thuya dans un grand pot, une
fontaine avec une cascade et une petite
rocaille de fleurs rouge et blanc entourent
les participants.

— Il s'agira, pour un membre de chaque
équipe, de faire une déclaration d'amitié à
son ou à sa partenaire.

Pendant que la foule réagit aux paroles
de l'animateur en poussant de petits cris
d'encouragement, la frimousse de ma sœur
apparaît en gros plan sur les écrans de télévision mis à la disposition du public. La ner-
vosité se lit sur son visage. Le tirage au sort

a déterminé qu'elle s'exécuterait la dernière. Je jette un œil à Nicolas dont le sourire forcé compense à peine la pâleur. Heureusement qu'il n'aura pas à faire d'efforts : Marie-Pierre sera l'ultime concurrente qui clôturera Cœur académie. Sans m'en rendre compte, je me suis laissé prendre par le déroulement du concours. Maintenant que ma sœur et mon meilleur ami sont finalistes, mon cœur est tout entier avec eux.

Hugo le cerveau use de ses capacités. Il récite, d'une voix ponctuée de trémolos, une longue déclaration truffée d'extraits de poèmes choisis. Il est évident qu'il s'était préparé à une épreuve de ce genre. Grâce à sa mémoire phénoménale et à son intelligence, il marque plusieurs points, tant chez le public que parmi le jury.

Lorsque les applaudissements s'éteignent, tous les regards convergent vers ma sœur. Le silence est pesant. Elle me jette un petit regard désespéré. Je lui retourne mon plus beau sourire d'encouragement.

— Je..., hésite-t-elle longuement. Je vais te réciter un poème, Nicolas. Un poème que j'ai composé... il n'y a pas si longtemps.

C'est mal parti. Ma sœur n'a pas beaucoup d'aisance pour la récitation de mémoire et son talent de poétesse reste à démontrer.

— Voilà. « Le jour le plus ensoleillé est celui où je t'ai rencontré. Mon cœur... »

Marie-Pierre reste la bouche ouverte et tout le monde voudrait lui mettre une poignée de rimes dans la bouche. Les secondes s'éternisent. L'animateur soulève son micro. Le jury s'apprête à trancher. Ma sœur a un sourire de dépit pour Nicolas.

— Tant pis. Tant pis, si on ne gagne pas, Nicolas. Je veux juste te dire que je me suis beaucoup amusée avec toi. C'est une journée superbe qu'on vient de vivre ensemble. Et dire que j'ai failli passer à côté, failli ne pas comprendre que tu étais mon plus fidèle ami. Je suis désolée, Nicolas. Nous avons fait un bon concours aujourd'hui. Je suis heureuse de l'avoir fait avec un ami qui a compris qu'il ne fallait pas se faire de mal pour se faire aimer ; une grande amitié est une chose précieuse qui ne se commande pas, mais qui s'entretient et se cultive. Moi aussi, j'ai appris. On a formé une belle équipe, toi et moi. Et Saint-Valentin ou pas, j'espère qu'on restera une belle équipe encore longtemps.

Sur ces mots, Marie-Pierre prend mon ami dans ses bras et l'étreint longuement. Un tonnerre d'applaudissements éclate dans le gymnase. C'est sur cette scène que, le soir même, se terminera le journal télévisé.

La sincérité et la simplicité de ma sœur lui ont valu un point de plus que l'équipe de Hugo. Ma sœur finit toujours par m'étonner. Ai-je dit quelque part que j'étais très fier d'elle ?

Table des matières

Gilles Côtes

Né à La Tuque en 1953, Gilles Côtes habite actuellement le petit village de Crabtree, tout près de Joliette, dans la région de Lanaudière.

Gilles Côtes s'est toujours intéressé à l'écriture, mais sa passion commence en 1988 après qu'une de ses nouvelles littéraires a été primée au Concours de nouvelles de la radio de Radio-Canada. Cette performance sera suivie de quatre romans s'adressant aux jeunes de neuf à douze ans. Cette fois, Gilles Côtes bifurque et, tout en continuant sous le signe de l'humour, signe son premier roman destiné aux jeunes adolescents. *Cœur académie* est le cinquième roman de sa carrière.

Guadalupe Trejo

Guadalupe est une artiste multidisciplinaire et elle a toujours été fascinée par l'imaginaire des enfants. Montréalaise d'origine mexicaine, elle travaille depuis plusieurs années dans le milieu de la communication graphique à Montréal et à Mexico. Elle enseigne aussi la photographie aux adolescents.

Elle nous présente pour la première fois, avec *Cœur académie*, des illustrations en format style bande dessinée pour ce roman jeunesse.

Guadalupe se dit fière de faire partie de la tribu du Phoenix.

Récents titres dans la Collection Ados Mystère

Histoire sombre (mise en lumière), de Claire Daignault, illustré par Guadalupe Trejo.

Escouade 06, Une semaine de fou! de Gilles Gemme, illustré par Patrick Ceschin.

Collection Ados

Le cimetière du musée, de Diane Boudreau, illustré par Hélène Meunier.

C
COT

Achevé d'imprimer en février 2007
sur les presses de l'imprimerie Gauvin,
Gatineau, Québec